AF400106

«L'ARTISTE»

© 2025 Denis Gouvest
Édition : BoD · Books on Demand,
31 avenue Saint-Rémy, 57600 Forbach,
bod@bod.fr
Impression : Libri Plureos GmbH,
Friedensallee 273, 22763 Hamburg
(Allemagne)
ISBN : 978-2-3225-7154-3
Dépôt légal : Avril 2025

Les néons clignotants de TIMES SQUARE projetaient des ombres dansantes sur les rues humides de New York. L'inspectrice Carter se tenait sous un parapluie, observant la scène de crime avec une intensité silencieuse. Le bruit incessant de la ville semblait s'atténuer autour d'elle, laissant place à une concentration presque palpable.

Un autre corps avait été découvert, portant la marque distinctive du tueur en série que la presse avait surnommé «L'ARTISTE». Ce nom, bien que poétique, ne faisait qu'irriter Carter d'avantage. Pour elle, il n'y avait rien d'artistique dans les actes brutaux de ce meurtrier.

Chaque victime était laissée dans un lieu public soigneusement positionnée entourée d'objets qui semblaient raconter une histoire que seul l'esprit tordu du tueur pouvait comprendre. Cette fois-ci le corps avait été trouvé dans un parc, entouré de pages de livres anciennement précieux, maintenant détrempées par la pluie.

Cynthia Carter savait qu'elle devait entrer dans l'esprit de cet individu pour l'arrêter. Mais chaque indice, chaque scène ne faisait qu'approfondir le mystère. Elle se tourna vers son partenaire, l'inspecteur Tom Rodriguez, qui prenait des notes avec une expression grave. «Il joue avec nous, Tom», dit-elle, sa voix à peine audible au-dessus du grondement lointain du tonnerre. «Il veut qu'on le suive, qu'on comprenne son message.» Tom hocha la tête, son regard fixé sur le corps. «Alors, il est temps de commencer à lire entre les lignes.»

Avec une détermination renouvelée, Cynthia promit de mettre fin à cette série macabre. Le chasseur devenait la proie, et elle était prête à tout le message de «L'ARTISTE», avant qu'il ne frappe à nouveau.

Alors que la pluie continuait de tomber, Cynthia et Tom se dirigèrent vers le bureau central. Le trajet en voiture fut silencieux, chacun perdu dans ses pensées. Les rues de NEW YORK défilaient comme un film en noir et blanc, floues et indistinctes sous le rideau d'eau.

Arrivés au commissariat, ils furent accueillis par le bourdonnement habituel des téléphones et des conversations pressées. Sur le mur d'investigation, les photos des victimes formaient une mosaïque sinistre. Chacune d'elles avait une histoire, une vie, brutalement interrompue par le tueur.

Carter se dirigea vers le tableau, observant chaque détail, cherchant un fil conducteur. «Il y a quelque chose qui relie ces victimes.» murmura-t-elle plus pour elle-même que pour Tom. «Quelque chose que nous ne voyons pas encore.» Tom s'approcha, son café fumant à la main. «Peut-être qu'il y a un motif caché dans les objets qu'il laisse», suggéra-t-il. «Comme s'il essayait de nous raconter une histoire.»

Cynthia Carter acquiesça. «Nous devons examiner chaque indice de plus près. Peut-être que les livres trouvés autour de la dernière victime contiennent un message.» Ils passèrent les heures suivantes à analyser les pages détrempées, cherchant des annotations, des passages soulignés ou tout autre signe qui pourrait les guider. Le temps semblait s'étirer, chaque minute marquée par le tic-tac de l'horloge murale.

Soudain, Cynthia s'arrêta, son doigt pointant un passage à peine lisible. «Regarde ça, Tom.» Ce passage parle de rédemption et de sacrifice, c'est peut-être une piste.

Tom se pencha pour lire, ses yeux plissés de concentration. «Peut-être que le tueur voit ses actes comme une sorte de purification.» Supposa-t-il. «Nous devons creuser cette piste.»

Avec un regain d'énergie, ils se mirent à chercher des liens possibles entre les victimes et le thème du passage. Chaque découverte les rapprochait un peu plus de l'esprit de «L'ARTISTE», et Cynthia Carter sentait qu'elle n'était pas très loin de découvrir son identité.

Mais avec chaque avancée venait aussi la pression croissante de l'urgence. Le tuant ne tarderait pas à frapper à nouveau, et ils devaient l'arrêter avant qu'une autre vie ne soit brisée.

La nuit était tombée depuis longtemps lorsque Cynthia et Tom quittèrent le commissariat. Les rues de NEW YORK, habituellement animées, semblaient étrangement silencieuses, comme si la ville elle-même retenait son souffle. Une brume froide s'élevait du sol, enveloppant les trottoirs d'un voile spectral.

Alors qu'ils marchaient vers la voiture, le téléphone de Cynthia vibra brusquement, brisant le silence pesant. Elle décrocha, s'attendant à une mise à jour de l'équipe. Mais ce qu'elle entendit la glaça jusqu'aux os. Une voix déformée, presque méconnaissable, murmura à l'autre bout de la ligne : «J'ai hâte de voir, si vous êtes aussi perspicace que vous le prétendez, inspectrice Carter.»

Cynthia sentit son cœur s'accélérer. Le tuant les observait, jouant avec eux comme un chat avec une souris. Elle échangea un regard avec Tom, qui avait entendu suffisamment pour comprendre la gravité de la situation. Ils étaient sur le fil du rasoir, et le tueur prenait plaisir à leur rappeler qu'il avait toujours une longueur d'avance.

De retour au bureau, ils découvrirent une enveloppe anonyme posée sur le bureau de Cynthia. À l'intérieur, une photographie Polaroïd d'une scène qu'ils ne reconnais-saient pas. Une ruelle sombre, éclairée par un unique lampadaire vacillant, avec une silhouette indistincte en arrière-plan. Au verso de la photo, un message griffonné : «le temps presse. Saurez-vous me trouver avant qu'il ne soit trop tard ?»

Le message était clair : «L'ARTISTE» les défiait ouvertement, transformant la ville en un échiquier macabre. Chaque mouvement devait être calculé, chaque décision pesée avec soin. Cynthia sentit un frisson glacé parcourir son échine. Le tueur était proche, et le jeu venait de prendre une tournure bien plus personnelle.

Avec une détermination renouvelée, elle se tourna vers Tom. «Nous devons trouver cet endroit, chaque minute compte.» Tom acquiesça, son visage grave. Leurs regards se croisèrent, une incompréhension tactile entre eux. Le jeu du chat et de la souris avait atteint son paroxysme, et ils étaient déterminés à mettre fin à cette danse mortelle avant que «L'ARTISTE» ne puisse frapper à nouveau.

Le matin suivant, la ville se réveilla sous le choc d'une nouvelle tragédie. Un autre meurtre avait été commis, et cette fois, la victime était une figure publique bien connue. Les chaînes d'information locales et nationales diffusaient en boucle les images de la scène de crime, tandis que les journalistes se pressaient autour du périmètre de sécurité, leurs questions fusant dans l'air froid de novembre.

Le maire de NEW YORK, visiblement tendu, tenait une conférence de presse, devant l'hôtel de ville. Les traits tirés. Il s'adressa à la foule de journalistes, conscient que chaque mot serait scruté par le Gouverneur, et les citoyens inquiets : «Nous faisons tout notre possible pour mettre fin à cette série d'attaques. Nos forces de police travaillent sans relâche et nous avons mobilisé des ressources supplémentaires pour accélérer l'enquête.»

Mais derrière les discours rassurants, la pression était palpable. Le gouverneur avait personnellement appelé le maire, exigeant des résultats concrets et rapides. La réputation de la ville était en jeu, et chaque non-arrestation érodait la confiance publique.

Pendant ce temps, au commissariat, Cynthia et Tom se trouvaient face à un mur de nouvelles preuves. La scène de crime était étrangement similaire aux précédentes, mais cette fois, le tueur avait laissé un indice plus explicite : un message cryptique peint sur le mur, en lettres rouges, éclatantes. «Vous ne pouvez pas m'arrêter, la vérité se cache à la vue de tous.»

Cynthia sentit une frustration mêlée de détermination monter en elle. «L'ARTISTE» se moque d'eux, utilisant chaque meurtre pour renforcer son jeu psychologique. Elle se tourna vers Tom, cherchant un soutien dans son regard. «Nous devons déchiffrer ce message, il y a quelque chose qu'il veut que nous voyions, mais quoi ?»

Tom hocha la tête, son visage grave. «Il joue avec nous, mais chaque indice qu'il laisse est aussi une faiblesse. Nous devons trouver ce qu'il essaie de nous dire avant qu'il ne frappe à nouveau.»

La presse continuait de spéculer et la contrainte politique montait, Cynthia et Tom savaient qu'ils n'avaient plus le luxe du temps. Le tueur était proche, et chaque minute qui passait les rapprochait d'une nouvelle tragédie. Mais ils étaient déterminés à mettre fin à ce jeu macabre, coûte que coûte.

Le lendemain, un vent glacial tandis que Cynthia et Tom se retrouvaient à l'endroit où le dernier indice avait été découvert. Ils avaient passé la nuit à analyser chaque mot du message laissé par «L'ARTISTE», cherchant à percer le mystère qu'il avait soigneusement tissé autour de ces crimes.

Leur quête les mena dans un quartier oublié de la ville, un lieu où le temps semblait s'être arrêté. Les bâtiments délabrés et les ruelles sombres formaient un labyrinthe oppressant. C'était ici que»L'ARTISTE»avait choisi de jouer son prochain coup et ils devaient être prêts.

Ils s'approchaient de l'adresse, indiquée par une piste subtilement dissimulée dans le message. Cynthia sentit son cœur s'accélérer, chaque pas résonnait dans le silence pesant, amplifiant la tension qui pesait sur leurs épaules. Tom à ses côtés gardait les sens en alerte, prêt à réagir à la moindre menace.

Ils arrivèrent finalement devant un vieil entrepôt. Ces fenêtres condamnées et ses murs couverts de graffitis. La porte était entrouverte, comme une invitation sinistre à entrer dans le repaire du tueur. Cynthia échangea un regard avec Tom et, d'un signe de la tête, ils décidèrent d'entrer. À l'intérieur, l'obscurité était totale. Seulement percée par les faisceaux de leur lampe torche. L'air était lourd, chargé d'une odeur de poussière et de métal mouillé. Ils avancèrent prudemment, chaque pas les rapprochant de la vérité qu'ils cherchaient désespérément à découvrir.

Soudain, un bruit sourd raisonna dans l'obscurité, suivi d'un écho métallique. Cynthia et Tom se figèrent, leurs cœurs battant à l'unisson. Ils savaient qu'ils n'étaient pas seuls. «L'ARTISTE» était là, quelque part dans l'ombre, les observant comme il avait toujours fait.

Avec une détermination renouvelée, ils continuèrent à avancer, les lampes balayant chaque recoin de l'entrepôt. Et puis ils le virent. Au centre de la pièce, une installation macabre les attendait : des tableaux grotesques faits de matériaux qu'ils préféraient ne pas identifier. Et au milieu, une chaise vide, comme un trône attendant son occupant.

Cynthia sentit un frisson glacé parcourait son échine. C'était un piège, un jeu tordu orchestré par «L'ARTISTE» pour les attirer ici. Mais ils n'avaient pas le choix, ils devaient aller jusqu'au bout, découvrir ce que le tueur avait prévu et l'arrêté avant qu'il ne soit trop tard.

Ils s'approchaient prudemment de la scène. Un rire raisonna dans l'obscurité glaciale et dénuée de toute humanité. «Bienvenue dans mon chef-d'œuvre», murmura la voix de «L'ARTISTE» émanant de toutes parts et nulle part à la fois.   «Voyons si vous êtes à la hauteur de mon dernier acte.»

Cynthia et Tom réalisaient rapidement qu'ils avaient été dupés. L'entrepôt n'était qu'une diversion, un leurre habilement orchestré par le tueur pour les éloigner du véritable lieu du crime. Chaque indice, chaque message n'avait été qu'une pièce du puzzle sinistrement agencé pour les mener sur une fausse piste.

Ils quittèrent précipitamment l'entrepôt, leurs téléphones vibrèrent simultanément, un message venait d'arriver. Envoyé à tous les membres de l'équipe d'enquête, il contenait une adresse différente, accompagnée d'une photo troublante qui fit montrer l'angoisse en eux. Une scène de crime fraîche, encore plus macabre que les précédentes, avec une mise en scène soigneusement élaborée.

La photo montrait une pièce luxueusement décorée en contraste frappant avec la violence du meurtre qui s'y était déroulé. Au centre, la victime était posée comme une marionnette, chaque membre attaché de manière grotesque pour former une œuvre d'art macabre. Les murs étaient recouverts de symboles peints à la main, chacun semblant raconter une histoire ou envoyer un message cryptique.

Cynthia sentit la colère et la frustration monter en elle. «L'ARTISTE» prenait un malin plaisir à les manipuler, à les défier à chaque étape de leur enquête. Il semblait anticiper chacun de leurs mouvements. Les poussant à agir précipitamment et à commettre des erreurs.

Tom, partageant le même sentiment d'urgence, prit la parole. «Nous devons comprendre le sens de ces symboles, il y a forcément un lien. Quelque chose qui nous échappe encore. Chaque meurtre est une pièce de son puzzle, il veut que nous le résolvions.»

Ils savaient qu'ils devaient agir vite, non seulement pour attraper le tueur, mais aussi pour empêcher une autre tragédie. Avec l'aide de leur équipe, ils commencèrent à analyser les symboles, cherchant des correspondances avec les indices précédents.

Dans cette course contre la montre, Cynthia et Tom comprirent que «L'ARTISTE» ne se contentait pas de commettre des crimes. Il racontait une histoire, une narration macabre qui, une fois déchiffrée, pourrait révéler son identité et ses motivations. Mais le temps jouait contre eux et chaque seconde perdue rapprochait «L'ARTISTE» de son prochain «Chef-d'œuvre».

L'enquête piétinait et la frustration grandissait au sein de l'équipe. Malgré leurs efforts, les inspecteurs n'arrivaient pas à trouver un lien crucial entre les victimes, les lieux de crime et le véritable objectif du tueur. Chaque piste semblait se terminer en impasse et chaque indice les plongeait plus profondément dans le mystère.

Cynthia et Tom passaient en revue les dossiers des victimes, cherchant des similitudes dans leurs vies. Leurs relations ou leurs routines. Pourtant, rien ne semblait les relier directement. Les victimes provenaient de milieux différents, n'avaient aucun lien apparent et ne s'étaient jamais croisés. C'était comme si «L'ARTISTE» avait choisi ses cibles au hasard. Mais ils sauraient que cela ne pouvait pas être le cas. Il devait y avoir un motif, une logique cachée derrière ses choix.

Les lieux de crimes étaient tout aussi déconcertants. Chacun était unique, sans aucun schéma géographique ou symbole évident. Pourtant, l'inspectrice Carter sentait qu'il y avait quelque chose qu'ils manquaient, un détail subtil qui reliait ces endroits entre eux.

Pour comprendre le but du tueur, ils décidèrent de se concentrer sur les messages laissés par «L'ARTISTE». Chaque scène de crime était une œuvre d'art macabre, mais aussi un message crypté. Les symboles, les positions des corps, les objets laissés derrière… Tout cela devait avoir un sens. Ils firent appel à un expert en criminologie et en symbolisme pour aider à déchiffrer ses mystères.

Au fur et à mesure de leurs analyses, un motif commença à émerger. Les symboles semblaient raconter une histoire, une sorte de critique sociale ou un commentaire sur la nature humaine.»L'ARTISTE»semblait vouloir faire passer un message à travers ses crimes, un message que seul un esprit tordu pouvait concevoir.

Mais quel était ce message ? Et pourquoi choisir de s'exprimer de manière aussi brutale ? Tandis qu'ils poursuivaient leur enquête. Cynthia et Tom savaient qu'ils devaient résoudre cette ambiguïté rapidement, «L'ARTISTE» ne s'arrêterait pas tant qu'il n'aurait pas achevé son œuvre, et ils ne pouvaient pas permettre une nouvelle catastrophe.

L'arrivée du profiler, renommé, à leurs demandes, le surdoué Lewis apporte un nouvel espoir à l'équipe. Connu pour sa capacité à entrer dans l'esprit des criminels les plus complexes, il était leur meilleur atout pour comprendre le tueur. Dès son arrivée, il se mit au travail, examinant minutieusement les dossiers et les scènes de crime avec un regard neuf et perspicace.

Cependant, le tueur ne leur laissa pas le temps de souffler. Un nouveau meurtre fut commis, encore plus audacieux et macabre que les précédents. Cette fois, la scène de crime se trouvait dans un théâtre abandonné avec la victime, mise en scène comme un drame vivant, entourée de masques représentant différentes émotions humaines. Les murs du théâtre étaient couverts de citations énigmatiques tirées de pièces classiques, ajoutant une nouvelle couche de mystère.

Lewis, loin d'être découragé, considéra ce nouveau meurtre comme une pièce essentielle du puzzle. «L'ARTISTE» cherchait à communiquer quelque chose de profond à travers ces crimes», dit-il à l'équipe. «Chaque meurtre est une scène, une partie d'un récit que nous devons déchiffrer. Mais pourquoi le théâtre ? Peut-être que le tueur se voit comme un metteur en scène orchestrant une œuvre ou nous, les enquêteurs, sommes les spectateurs.»

En travaillant avec Cynthia et Tom, Lewis commença à élaborer un profil du tueur. «L'ARTISTE» était probablement quelqu'un de très intelligent, avec une connaissance approfondie de l'art et de la littérature. Il voyait ses victimes comme une forme d'expression. Une manière de défier la société et de se moquer des autorités.

Avec l'équipe, qui poursuivait ses recherches, ils savaient qu'ils devraient agir vite. Chaque meurtre rapprochait «L'ARTISTE» de l'achèvement de son œuvre macabre. Avec l'aide de Lewis, ils espéraient enfin percer le secret de ses motivations et mettre un terme à son règne de terreur.

Alors que le groupe principal se concentrait sur les scènes de crimes et les messages, plusieurs enquêtes parallèles furent lancées pour explorer différentes pistes et angles d'investigations. Les efforts visent à rassembler autant d'informations que possible pour cerner l'identité et les motivations du tueur.

Une équipe spécialisée en histoire de l'art et en littérature fut constituée pour analyser les symboles et les citations retrouvées sur les scènes de crime. Ils passèrent au peigne fin les archives, cherchant des œuvres ou des auteurs qui avaient pu inspirer «L'ARTISTE». Les enquêteurs découvrirent. Que plusieurs des citations provenaient des pièces de théâtre traitant de la dualité de l'homme et des conflits moraux, ce qui renforçait l'idée que le tueur voyait ses crimes comme une critique de la société.

Une autre équipe se concentra sur les victimes elles-mêmes. Examinant chaque détail de leur vie pour trouver un lien caché, ils interrogèrent les familles, les amis et les collègues, cherchant des indices sur des interactions ou des événements qui pourraient les relier. Bien que les victimes semblaient n'avoir rien commis à première vue, l'équipe découvrit qu'elles avaient toutes, à un moment donné, fréquenté un atelier d'art dirigé par un professeur charismatique et controversé.

Conscient que «L'ARTISTE» choisissait des lieux à forte connotation culturelle, un groupe fut chargé de surveiller les théâtres, les galeries d'art et les bibliothèques de la ville. Ils espéraient repérer des comportements suspects ou des traces laissées par le tueur lors de repérages potentiels. Cette surveillance permit de recueillir des témoignages de personnes ayant aperçu un individu mystérieux, souvent vêtu de noir qui semblait étudier les lieux avec une attention particulière.

Des experts en psychologie furent consultés pour mieux comprendre le profil du tueur. Ils analysèrent ses actions et ses choix, cherchant à deviner ses prochaines étapes. Selon eux, «L'ARTISTE» était probablement quelqu'un qui avait souffert d'un traumatisme personnel, utilisant ses crimes pour exprimer une douleur intérieure et un besoin de contrôle.

Grâce à ces équipes parallèles, les enquêteurs commencèrent à deviner un portrait plus clair du tueur. Ils savaient qu'ils avançaient sur la vérité, mais le temps pressait. Le tueur avait déjà prouvé qu'il pouvait frapper à tout moment. Et ils devaient l'arrêter avant qu'il ne complète sa sinistre œuvre finale.

La tension montait à NEW YORK, alors que «L'ARTISTE» continuait à semer la terreur. La pression sur la police était immense, exacerbée par les critiques incessantes du gouverneur, Jackson, et de la presse. Chaque jour, les gros titres des journaux et les reportages télévisés soulignaient l'incapacité apparente des forces de l'ordre à arrêter le tueur. Alimentant la peur et l'incertitude parmi les citoyens.

Le gouverneur Jackson, soucieux de son image publique et de la sécurité de ses électeurs, n'hésite pas à exprimer son mécontentement lors de conférences de presse. Il exigeait des résultats rapides et menaçait de prendre des mesures drastiques si la situation ne s'améliorait pas. Cette pression politique se répercutait sur le commissariat qui devait jongler entre les attentes des autorités et le moral de ses équipes.

Dans les rues, la panique commençait à s'installer, les habitants évitaient de sortir la nuit et les commerces souffraient de la baisse de fréquentation. Les théâtres et les galeries d'art, autrefois des lieux de culture et de joie, étaient désormais perçus comme des endroits dangereux. Les rumeurs couraient, amplifiant la peur collective et créant une atmosphère de méfiance.

Au sein de la police, le stress était visible. Les enquêteurs travaillaient jour et nuit, déterminés à mettre fin à cette série de meurtres. Cependant, la fatigue et la frustration commençaient à peser sur les enquêteurs. Les tensions internes augmentaient, certains remettant en question les stratégies employées, tandis que d'autres craignaient que «L'ARTISTE» ne soit toujours un pas en avance sur eux.

Lewis, bien que conscient du poids qui pesait sur ses épaules, tentait de maintenir le cap ; il encourageait l'équipe à rester concentrée sur les indices et à ne pas se laisser distraire par les critiques extérieures. «Nous devons nous rappeler pourquoi nous faisons ce travail», disait-il souvent. «Il s'agit d'apporter justice aux victimes et de protéger notre communauté.»

Malgré les défis, les enquêteurs savaient qu'ils devaient redoubler d'efforts pour capturer le tueur. Chaque nouvelle découverte, chaque petit progrès dans l'enquête était une lueur d'espoir dans cette période sombre. Ils espéraient que bientôt ils pourraient annoncer à la ville que le cauchemar était enfin terminé.

Malheureusement, malgré tous les efforts déployés, le tueur frappa à nouveau. Le dernier crime fut particulièrement choquant, non seulement par sa brutalité, mais aussi par le message qu'il semblait véhiculer. La scène de crime était un parc public, un lieu de rassemblement et de détente pour les familles. Ce qui accentua l'impact de cet acte odieux.

Le corps fut découvert tôt le matin par un joggeur, entouré de dessins à la craie représentant des masques de théâtre, symbole de stratégie et de comédie. Cette fois, le tueur avait laissé une note manuscrite, une citation énigmatique tirée d'une pièce de Shakespeare. «Le monde entier est un théâtre et tous les hommes et femmes n'en sont que les acteurs.»

Ce nouveau meurtre plongea la ville dans une stupeur plus grande. La presse s'empara immédiatement de l'affaire, spéculant sur la signification de cette situation. Et sur les intentions de «L'ARTISTE», comme l'appelait la presse. Les chaînes d'information diffusèrent des éditions spéciales. Et les réseaux sociaux s'enflammèrent de théories et de débats.

Face à cette nouvelle affaire, le gouverneur Jackson intensifia sa colère sur la police, exigeant des résultats immédiats. Il évoqua une réunion d'urgence avec le commissaire de police et d'autres responsables de la sécurité pour discuter de nouvelles pistes. Les citoyens, de leur côté, organisèrent des veillées et des marches pour expliquer leur solidarité avec les victimes et leur désir de justice.

Les enquêteurs, bien que découragés par ce revers, redoublèrent d'efforts. Ils savaient que chaque détail était important et que le tueur laissait intentionnellement des indices, même s'ils semblaient cryptiques. L'analyse des dessins et de la citation devint une priorité, et une collaboration plus étroite avec des experts en littératures fut mise en place.

Malgré la peur et la frustration, l'équipe restait déterminée à mettre un terme à cette série de crimes. Ils savaient que «L'ARTISTE» cherchait à manipuler la peur de la ville.

L'enquête progressait lentement. Lewis décide de convoquer une réunion avec tout le personnel sur l'affaire pour réévaluer les informations et réfléchir à de nouvelles approches. Autour de la table, les visages étaient marqués par la fatigue, mais aussi par une rage farouche.

«Nous devons penser comme le tueur», commença Lewis. En fixant chacun de ses collègues : «Il utilise l'art et la littérature pour communiquer. Peut-être que ces indices ne sont pas seulement des messages, mais aussi des pièces d'un puzzle plus vaste.»

L'idée de Lewis était de considérer chaque scène de crime comme une œuvre d'art en soi où chaque élément avait sa place et sa signification. Un des détectives, Lisa Tran, suggère d'examiner les archives des galeries d'art et des théâtres locaux pour voir si des œuvres récentes ou des pièces avaient pu inspirer «L'ARTISTE». «Peut-être qu'il y a un lien entre ces choix et des événements culturels récents», dit-elle.

Pendant ce temps, L'agent Carson travaillait sans relâche pour analyser les communications sur les réseaux sociaux. Il cherchait des motifs dans les discussions, des preuves laissées par le tueur ou même des interactions suspectes qui pourraient révéler son identité.

Au fur et à mesure que les enquêteurs poursuivaient les recherches. Une nouvelle piste émergea. Un tableau récemment exposé dans une galerie d'art au centre-ville présentait des similitudes frappantes avec la scène de crime du tueur. L'œuvre intitulée «Masques de la société», explorant les dualités et les rôles que chacun joue dans sa vie quotidienne.

Le peintre, un artiste local connu pour ses œuvres pauvres provocatrices, fut convoqué pour être interrogé. Bien qu'il nie toute implication. Il fournit des infos précieuses sur le thème de son travail et sur les personnes qu'il avait rencontrées lors de ses expositions.

Cette nouvelle direction insuffla un regard d'espoir à l'équipe d'inspecteurs. Ils savaient qu'ils se rapprochaient peut-être du but. Lewis avec une lueur d'espoir dans les yeux. Il leur rappela à tous que chaque preuve, chaque connexion, les rapprochait un peu plus de la vérité. La capture de «L'ARTISTE» n'était plus une question de «si» mais de «quand».

Le matin suivant, la ville se réveilla sous le choc d'un crime encore plus atroce. Cette fois, la scène de crime se trouvait à la périphérie de la ville, un lieu que «L'ARTISTE» avait choisi pour sa sinistre mise en scène.

La victime, un jeune homme dans la vingtaine, avait été non seulement assassinée, mais aussi démembrée avec une précision chirurgicale. Les morceaux du corps avaient été disposés de manière méticuleuse autour d'une sculpture en fer forgé. Représentant un cœur humain, un symbole à la fois de vie et de vulnérabilité. Chaque segment du corps portait une lettre gravée, formant le mot «Métamorphose».

Cette découverte macabre plongea la ville dans une panique sans précédent. Les médias qualifièrent ce meurtre de «plus horribles» à ce jour, et la population, déjà terrifiée, exigea des réponses immédiates. Les rues autrefois animées se vidèrent à mesure que les habitants se barricadaient chez eux. Redoutant d'être la prochaine cible de «L'ARTISTE».

La police, déjà sous pression, se retrouva sur les dents. Le Commissaire ordonna une mobilisation générale des forces de l'ordre, intensifiant les patrouilles et multipliant les contrôles. Les enquêteurs quant à eux, se concentraient sur l'analyse détaillée de la scène de crime, espérant que cette fois le tueur avait laissé une erreur, un indice qui pourrait enfin mener à lui.

Lewis, observant la scène avec une attention particulière, remarqua que la sculpture en fer forgé était l'œuvre d'un artisan local connu pour ses créations uniques. Ce détail, bien que minime, offrit une nouvelle piste à explorer. Peut-être que «L'ARTISTE» avait commandé cette pièce spécialement pour son macabre projet.

Pendant ce temps, Lisa Tran et Carson travaillaient ensemble pour analyser les lettres gravées sur les segments du corps. Ils tentèrent de comprendre la signification du mot «métamorphose», se demandant s'il s'agissait d'un indice sur l'identité du tueur ou d'une indication de ses intentions futures.

Face à cette escalade de violences, les enquêteurs savaient qu'ils devaient agir rapidement. La ville entière comptait sur eux pour mettre fin à cette série de crimes. Lewis, bien qu'ébranler par l'horreur de la scène, rassembla ses collègues, les exhortant à ne pas perdre espoir.

Les enquêteurs se penchaient sur les preuves. Une ambiance palpable s'installa. Le mot «métamorphose» résonnait dans l'esprit de chacun comme un mystère auquel il manquait encore des pièces essentielles. Le tueur semblait jouer avec eux, toujours un pas en avance, et cette pensée mettait le doute parmi le groupe.

Lisa Tran, en parcourant les dossiers des affaires précédentes, remarqua un schéma troublant : chaque victime avait un lien indirect avec le monde de l'art, que ce soit par leur profession, leur fréquentation ou même des lieux qu'ils avaient visités récemment. Était-ce une simple coïncidence ou le tueur choisissait-il ses victimes selon un critère bien précis ?

Carson côté découvrit une série de mots sur un forum en ligne dédié à l'art contemporain. Les mots signés par un utilisateur anonyme semblaient décrire les scènes de crime. Avant même qu'elle ne soit découverte. Était-ce «L'ARTISTE» qui jouait avec eux ou une personne ayant des informations privilégiées ?

Le doute s'installa dans l'équipe. Et si le tueur n'était pas seul ? Et s'il avait des complices, des admirateurs, voire des imitateurs ? Cette idée glaça le sang des enquêteurs. Leurs efforts pour rattraper un seul coupable pouvaient bien être insuffisants face à un réseau plus vaste.

Alors que la nuit tombait, Lewis reçut un appel anonyme, une voix déformée par un modulateur électronique lui murmura : «La métamorphose est inévitable.» Le prochain acte sera le plus grand de tous. Puis la ligne se coupa brusquement, laissant Lewis avec une sensation de malaise grandissant.

Cette menace a accru la pression de l'équipe. Ils savaient que le tueur préparait quelque chose de monumental et que le temps jouait contre eux. Chaque membre de l'équipe se remit au boulot avec une intensité renouvelée, mais le doute persistait. Pouvait-on vraiment faire confiance à toutes les pistes ? Et si «L'ARTISTE» les manipulait depuis le début, les entraînant dans un jeu cruel ? Le suspense était à son comble. Et l'ombre de»L'ARTISTE»semblait s'étendre sur la ville, prête à frapper à nouveau.

L'équipe redoublait d'efforts pour percer le mystère, mais un nouvel élément fit surface, apportant avec lui un rebondissement inattendu. L'inspectrice Cynthia Carter reçut un colis anonyme à son bureau. Soigneusement emballé et sans aucune indication sur l'expéditeur. À l'intérieur, elle découvrit un carnet de croquis usé, rempli de dessins étranges et de notes.

Chaque page du carnet semblait raconter une histoire. Des esquisses de visage angoissé, des paysages urbains déformés et des images qui rappelaient les scènes de crime. Mais ce qui attira immédiatement l'attention de Cynthia, c'était un dessin d'un bâtiment, le musée d'art contemporain, avec une date inscrite en dessous : «Celle du Lendemain».

Informant son adjoint, l'inspecteur Tom Rodriguez. Carter, lui, partagea ses inquiétudes. Ensemble, ils décidèrent de se rendre au musée pour enquêter directement. À leur arrivée, ils furent accueillis par le directeur du musée. Qui, bien que surpris par leur visite, accepta de leur montrer les lieux.

Lorsqu'ils parcouraient les galeries, Tom remarqua un détail troublant. Une des œuvres d'art exposées, une sculpture complexe faite de métal et de verres, ressemblait étrangement à la sculpture en fer forgé trouvée sur la dernière scène de crime, et plus inquiétant encore, elle portait la même signature que celle du carnet : Modèle en forme de spirale.

Cynthia Carter et Tom Rodriguez comprirent qu'ils étaient sur la bonne piste. Ils décidèrent de passer la nuit au musée, persuadés que «L'ARTISTE» prévoyait quelque chose. Leurs soupçons se confirmèrent lorsqu'aux premières heures du matin, ils entendirent un bruit métallique provenant d'une des galeries.

S'approchant prudemment, ils découvrirent une silhouette occupée à installer une nouvelle œuvre, une installation macabre composée de mannequins et de miroirs. Avant qu'ils puissent intervenir. La silhouette se tourna vers eux, révélant un masque grotesque, et s'enfuit à travers une sortie de secours, disparaissant dans la nuit.

Bien que «L'ARTISTE» ait échappé une fois de plus, Carter et Rodriguez avaient maintenant une piste solide. Le carnet, la sculpture et l'installation en musée étaient autant de preuves qui les rapprochaient de la vérité. Mais ils savaient que le temps était compté. Le tueur avait promis un acte grandiose et ils devaient l'arrêter avant qu'il frappe à nouveau. Le suspense était plus intense que jamais. Et chaque découverte les plongeait un peu plus dans l'intrigue complexe de cet esprit torturé.

Cynthia Carter et Tom examinaient les preuves laissées au musée. Une nouvelle piste émergea, suggérant l'identité de la prochaine victime potentielle. En étudiant attentivement les pages de carnets de croquis, ils remarquèrent un motif récurrent : une série de chiffres apparemment aléatoire. Après quelques heures de recherche acharnée, ils réalisèrent que ces chiffres correspondaient aux coordonnées «GPS» d'un endroit précis de la ville.

Ces coordonnées les menèrent à une galerie d'art privé appartenant à un certain Julien Moreau, un collectionneur d'art réputé pour ses acquisitions controversées. Moreau avait récemment acquis une série d'œuvres de «L'ARTISTE», ignorant probablement leurs origines sinistres. Son lien avec le tueur semblait être indirect mais significatif, il était devenu sans le savoir un mécène des créations macabres de «L'ARTISTE».

La mise en scène au musée prenait alors tout son sens. Elle n'était pas seulement une provocation, mais un avertissement. Le tueur semblait vouloir attirer l'attention sur le rôle des collectionneurs et des institutions artistiques qui, par leur quête incessante de l'avant-garde, Fermez parfois les yeux sur les origines douteuses de certaines œuvres.

Cynthia et Tom comprirent que le tueur cherchait à passer un message à travers ses crimes. Un critique aigri du monde de l'art contemporain, où la valeur d'une œuvre d'art pouvait parfois éclipser le moral et l'éthique. La prochaine cible, Julien Moreau, représentait ce qu'il considérait comme une figure de cette corruption.

Déterminés à empêcher un autre meurtre, l'inspectrice Cynthia et Tom mirent en place une surveillance autour de la galerie de Moreau. Ils savaient que le temps était compté. Et que «L'ARTISTE» pouvait frapper à tout moment. Mais le tueur, toujours imprévisible, avait peut-être encore quelques surprises en réserve. Et le secret de ses véritables motivations restait entier. Le suspense continuait de monter.

La nuit est tombée sur la ville, Cynthia et Tom s'installèrent dans une camionnette, dit le «sous-marin», garée discrètement à proximité de la galerie de Julien Moreau. Les yeux scrutaient l'écran de surveillance, où les caméras installées autour du bâtiment offraient une vue panoramique de l'extérieur. L'atmosphère était tendue, chaque bruit amplifié par le silence oppressant de l'attente.

Soudain, un mouvement attira leur attention, une silhouette glissa furtivement à travers l'ombre. Se dirigeant vers l'arrière de la galerie vers une porte, l'inspecteur Tom attrapa la radio, prêt à donner le signal aux agents en renfort. Mais l'inspectrice Carter l'arrêta d'un geste. «Attends.» murmura-t-elle, son regard fixé sur l'écran. «Nous devons être sûrs que c'est lui ?»

La silhouette s'arrêta devant la porte, sortant un trousseau de clefs. Carter et Tom échangèrent un regard perplexe. Comment «L'ARTISTE» pourrait-il avoir accès à la galerie ? Le mystère s'épaississait. Puis la porte s'ouvrit lentement et la silhouette disparut à l'intérieur.

Sans perdre une seconde, Carter et Rodriguez quittèrent le «sous-marin», se dirigeant vers l'entrée arrière. Ils arrivèrent doucement, leur lampe-torche à la main. À l'intérieur, la galerie était plongée dans une pénombre inquiétante, les œuvres d'art projetant des ombres menaçantes sur les murs.

Ils entendirent un bruit de pas précipité venant de l'étage supérieur. Se lançant à sa poursuite, ils montèrent les escaliers en colimaçon, leur cœur battant. En atteignant le dernier étage, ils découvrirent une scène qui les laissa sans voix.

«L'ARTISTE» se tenait au centre de la pièce, face à un tableau inachevé, une toile gigantesque. Couverte de coups de pinceaux frénétiques à ses pieds, Julien Moreau était ligoté. Mais indemne, ses yeux écarquillés de terreur. «Vous êtes venu admirer ma dernière œuvre ?», lança «L'ARTISTE» d'une voix étrangement calme. «Je voulais que vous soyez les premiers à la voir.»

L'inspectrice Cynthia Carter leva son arme, mais»L'ARTISTE»leva les mains en signe de reddition. «Je voulais seulement révéler la vérité.», dit-il, un sourire énigmatique aux lèvres. «La beauté peut être trouvée même dans les actes les plus sombres.»

Tom Rodriguez s'approcha prudemment, menottant «L'ARTISTE» tandis que Carter libérait Moreau. La tension dans la pièce se dissipa lentement, remplacée par un sentiment de soulagement. «L'ARTISTE» était enfin arrêté. Et son règne de terreur touchait à sa fin.

Mais alors qu'ils descendaient les escaliers, Cynthia Carter ne pouvait s'empêcher de se demander : qu'avait-il réellement cherché à accomplir ? Était-ce simplement une quête de reconnaissance ou un désir de laisser une empreinte indélébile dans le monde de l'art ? Le mystère de son esprit torturé. Resterait peut-être à jamais irrésolu. Mais pour l'instant, la ville pouvait enfin trouver une certaine paix.

L'interrogatoire débutait, Cynthia et Tom et Lewis se retrouvèrent face à un homme calme, presque trop serein pour quelqu'un qui venait d'être arrêté. L'homme, identifié comme étant un certain Daniel Blake, un artiste local sans histoire, semblait étrangement à l'aise sous les lumières de la salle d'interrogatoire.

Tom commença à poser des questions directes, cherchant à comprendre les motivations derrière ces crimes. Mais les réponses de Blake étaient vagues, presque évasives. Comme s'il jouait un rôle. Cynthia, observant attentivement, sentit que quelque chose clochait : l'homme devant eux ne correspondait pas au profil psychologique qu'ils avaient dressé de «L'ARTISTE». «Pourquoi avoir choisi Moreau comme cible ?» demanda Tom, espérant déstabiliser Blake.

Blake hocha les épaules, un sourire étrange aux lèvres. «Il était simplement au mauvais endroit au mauvais moment.» répondit-il sans la moindre trace de remords.

Cynthia Carter se leva brusquement, quittant la salle pour consulter les preuves recueillies. Il y avait quelque chose qui la dérangeait, une intuition qu'il ne pouvait ignorer. En examinant de nouveau les croquis et les preuves laissées par l'artiste, elle remarqua un détail qu'ils avaient tous négligé : une signature subtile, presque invisible, dissimulée dans les œuvres.

De retour dans la salle d'interrogatoire. Cynthia confronte Blake. «Vous n'êtes pas L'ARTISTE», déclara-t-elle, sûre d'elle. «Vous avez été manipulé pour détourner notre attention.» Blake resta silencieux, mais son sourire disparut, remplacé par une expression de surprise. Tom comprit que Cynthia avait raison, l'homme devant eux n'était qu'un pion dans un jeu bien plus complexe.

Le véritable «ARTISTE», toujours en liberté, avait orchestré cette mise en scène pour les tromper, il avait utilisé Blake comme leurre, sachant que son arrestation donnerait aux enquêteurs un faux sentiment de sécurité.

Cynthia et Tom, réalisant l'ampleur de la supercherie, se lancèrent dans une course contre la montre pour retrouver le véritable coupable. «L'ARTISTE», toujours dans l'ombre, continuait de jouer avec eux, transformant chaque indice en un puzzle à résoudre. Le jeu du chat et de la souris était loin d'être terminé et «L'ARTISTE», avec son esprit brillant et tordu, avait encore bien des tours dans son sac.

Les inspecteurs Cynthia et Tom réalisèrent qu'ils avaient été dupés, et une nouvelle tragédie vint confirmer leurs craintes. Un appel radio interrompit leurs réflexions : un autre meurtre venait d'être signalé, et les détails étaient étrangement familiers.

Sur les lieux du crime, une petite galerie d'art nichée au cœur de la ville, l'atmosphère était tendue. Les agents de police s'affairaient autour de la scène, et les flashs des appareils photo illuminaient la nuit. Cynthia et Tom se frayèrent un chemin à travers la foule, découvrant une scène macabre.

Au centre de la galerie, une sculpture monumentale faite de matériaux hétéroclites trônait. À ses pieds, le corps sans vie d'une jeune artiste connue pour ses œuvres provocatrices était disposé avec une précision chirurgicale. Le meurtrier avait laissé sa marque : des croquis, emblème que «L'ARTISTE» avait utilisé dans ses crimes précédents.

Ce nouveau meurtre était un coup dur pour la police, mettant en évidence leur échec à capturer le véritable coupable. Des médias s'emparèrent de l'affaire, critiquant ouvertement l'enquête et la précipitation avec laquelle Blake avait été arrêté.

Carter sentit le poids de la responsabilité sur ses épaules. Se plongea dans l'analyse des indices laissés sur la scène de crime. Chaque détail, chaque coup de pinceau sur les murs semblait raconter une histoire que seul le tueur pouvait comprendre. Tom, de son côté, s'efforce de rassurer les proches de la victime, promettant que justice serait rendue.

Malgré les contraintes croissantes, Cynthia et Tom savaient qu'il devait reprendre l'enquête à zéro. Le tueur avait prouvé qu'il était toujours en avance sur eux, mais ils étaient déterminés à déchiffrer son jeu macabre. Les seules armes étaient leur perspicacité et leur détermination à mettre fin à cette série de crimes.

Alors qu'ils quittaient la scène, une question brûlait dans l'esprit de Cynthia : quelle serait la prochaine étape de «L'ARTISTE» et comment pourraient-ils anticiper ces mouvements avant qu'ils ne frappent à nouveau ? Le temps jouait contre eux. Mais il savait qu'ils ne pouvaient pas abandonner.

De retour au poste de police, Carter et Rodriguez se réunirent avec l'équipe de la scientifique pour examiner les preuves recueillies sur la nouvelle scène de crime. Le labo était en effervescence. Chaque technicien s'affaire à analyser des échantillons et à traiter les preuves avec la plus grande minutie.

Le chef de la police scientifique. Steve Millo. Leur présenta les premières conclusions. «Nous avons trouvé des fibres de textiles inhabituelles sur la scène, probablement transférées par le tueur. Elles semblent provenir d'un tissu assez rare, ce qui pourrait nous donner une piste sur ces mouvements récents.»

Carter bougea sa tête de haut en bas, appréciant la précision du travail de Millo. «Et les empreintes digitales ? «Des traces ADN ?» Millo Soupira : «Malheureusement, «L'ARTISTE» a été prudent, aucune empreinte exploitable, mais nous avons relevé un échantillon de sueur sur la sculpture. C'est mince, mais cela pourrait mener quelque part.»

Pendant ce temps, la tension des autorités montait. Le maire de la ville, sous le feu des critiques, exigeait des résultats rapides. Les journalistes, toujours à l'affût de nouvelles informations, remettaient en question la compétence des enquêteurs. Exacerbant encore plus la situation, ce qui énerva encore plus le gouverneur Jackson.

Face à cette force, Carter et Rodriguez savaient qu'ils devaient redoubler d'efforts. Ils décidèrent de se concentrer sur l'analyse des fibres de textiles. Espérant qu'elles les mèneraient à un fournisseur ou un atelier spécifique. Ils passèrent des heures à contacter des experts en textiles par téléphone et sur place, cherchant à identifier l'origine de ce tissu rare.

Parallèlement, l'équipe élargit son enquête aux cercles artistiques de la ville. Interrogeant des galeristes, des artistes et des critiques d'art. Ils cherchaient des indices sur quelqu'un qui pourrait avoir un lien avec les victimes ou qui aurait montré un intérêt suspect pour les œuvres de «L'ARTISTE».

Chaque jour, de nouveaux défis se présentaient, des pistes prometteuses s'avéraient souvent être des impasses et le moral de l'équipe était mis à rude épreuve. Mais chaque petit détail découvert renforçait leur recherche.

Finalement, une percée survint lorsqu'un expert en textile les informa qu'un atelier d'un des quartiers industriels de la ville, du côté de Manhattan, utilisait ce type de fibre. Cynthia et Tom, accompagnés d'une brigade d'intervention, se rendirent sur place, espérant que cette piste les mènerait enfin au tueur.

Leur enquête les avait poussés à leurs limites, mais ils savaient qu'ils avançaient enfin.

Cynthia Carter et Tom Rodriguez se préparaient à explorer la piste de l'atelier de textile. Une nouvelle catastrophe frappe la ville. Un appel du maire les informa qu'un autre meurtre avait eu lieu. Cette fois dans un quartier huppé de Manhattan. La victime ? «Un PDG influent» d'une grande société de textile.

Sur les lieux du crime, une atmosphère chaotique flottait. Les journalistes locaux étaient déjà présents et les agents de sécurité de la société tentaient de maintenir l'ordre. Carter et Tom, accompagnés de la brigade de policiers et de la police scientifique, sous les ordres de Steve Millo, pénétrèrent dans le luxueux appartement du «PDG».

La scène était déroutante, le corps du PDG était étendu dans son bureau, entouré de rouleaux de tissu de haute qualité. Une fois de plus, un dessin avait été laissé sur la scène, signature macabre du tueur. Mais cette fois, un message avait été peint sur le mur du bureau avec une précision froide. Comme sur certaines scènes précédentes. «Le tissu de la vérité est tissé de mensonges.»

Le scientifique Steve Millo et son équipe commencèrent immédiatement à analyser la scène et faire des prélèvements. «Nous devons vérifier si les fibres trouvées ici correspondent à celles de la scène précédente», dit Millo. Tout en collectant des échantillons. «Il est possible que le tueur ait un lien personnel avec cette société.»

Cynthia et Tom interrogeaient les employés et les associés du «PDG». Ils découvrirent que la victime avait récemment été impliquée dans plusieurs controverses, notamment des accusations de pratiques commerciales douteuses et de mauvais traitements envers ses employés.

Les enquêteurs se trouveront face à une multitude de questions : «L'ARTISTE» avait-il un motif personnel pour cibler cet homme ou s'agissait-il simplement d'une nouvelle provocation ? Et comment ce meurtre se liait-il à l'enquête en cours sur les fibres de textile ?

La tension des autorités atteignit son paroxysme. Le Maire, confronté à la panique croissante du public, exigea des résultats immédiats. Cynthia et Tom savaient qu'il devait agir vite pour éviter une nouvelle catastrophe.

Avec les indices recueillis, ils décidèrent de se concentrer sur les liens possibles entre le «PDG» et l'atelier de textiles qu'ils avaient identifiés. Peut-être que la clé pour comprendre les motivations du tueur se trouvait dans les secrets de cette entreprise.

Les enquêteurs progressaient. Cynthia et Tom ne pouvaient s'empêcher de se demander si»L'ARTISTE»jouait un jeu encore plus sombre qu'ils ne l'avaient imaginé. Chaque meurtre semblait calculé pour les narguer.

Carter et son adjoint poursuivaient leur enquête. Une atmosphère de tension palpable s'installait dans le commissariat. Les preuves s'accumulaient, mais le puzzle restait incomplet. Le lien entre le «PDG» assassiné et l'atelier semblait toujours être la clé pour comprendre le mode opératoire du tueur.

Les inspecteurs décidèrent de revisiter l'atelier, cette fois avec un mandat de perquisition en main. L'endroit était désert à leur arrivée, les machines silencieuses et les lumières éteintes. Pourtant, une étrange sensation d'être observés ne quittait pas Carter.

Lorsqu'ils pénétrèrent dans l'arrière-boutique, ils découvrirent une pièce dissimulée derrière des étagères de tissu. À l'intérieur, des esquisses et des plans recouvraient les murs, illustrant des scènes de crime passées et futures. Au centre de la pièce, une table portait une carte de la ville, avec des points rouges marquant chaque meurtre.

Tom s'approcha de cette carte, son visage se durcissant à mesure qu'il réalisait l'ampleur de la situation. «C'est comme s'il jouait une partie d'échecs avec nous», dit-il. «Chaque mouvement est planifié à l'avance.»

Lewis, quant à lui, examina les esquisses. L'une d'elles attira particulièrement son attention : elle représentait un bâtiment emblématique de la ville avec un dessin à l'entrée. «Il prévoit quelque chose de grand», dit-il en montrant le dessin à Tom. «Nous devons découvrir où et quand.»

Leurs recherches les menèrent à une exposition d'art prévue dans ce bâtiment. Un événement, l'élite de la ville. Convaincue que le tueur frapperait à cette occasion. Cynthia et Tom mirent un plan en place pour sécuriser l'événement.

Le jour de l'Expo, la tension était à son comble. Des agents en civil étaient disséminés parmi les invités, tandis que Cynthia et Tom surveillaient les entrées.»L'ARTISTE»était-il déjà parmi eux, se fondant dans la foule ?

Soudain, une alarme retentit, plongeant la salle dans un chaos, les lumières s'éteignirent. Et dans l'obscurité, une silhouette glissa entre les invités. Cynthia se lance à sa poursuite dans une course effrénée à travers les couloirs du bâtiment. Cynthia a fini par coincer ce qu'elle croyait être «L'ARTISTE» sur le toit. Le vent soufflait fort, ajoutant une tension dramatique à leur confrontation. «C'est fini», déclara Cynthia, le regard déterminé.

L'imitateur de «L'ARTISTE» se retourna, un sourire étrange aux lèvres, leva les mains en signe de reddition. «Vous avez peut-être gagné cette partie», dit-il calmement. «Mais le jeu ne fait que commencer.»

Les sirènes retentissaient au loin. Cynthia réalisa que, même en captivité, le tueur avait laissé une empreinte indélébile sur la ville. Mais pour l'instant, elle avait réussi à empêcher une nouvelle tragédie. Offrant un répit bien mérité aux habitants et aux autorités.

Malgré l'impressionnante opération mise en place pour capturer le tueur, Cynthia Carter et son équipe se retrouvèrent une fois de plus déconcertés. Le vrai tueur avait réussi à leur échapper, laissant derrière lui une scène vide, comme s'il s'était volatilisé. La Sourcière, conçue avec soin et minutie, s'était renfermée sur du vide.

Les agents présents sur les lieux étaient frustrés. Chaque détail avait été pris en compte, les entrées et les sorties surveillées. Des agents en civil infiltrés et des caméras installées pour capter le moindre mouvement. Pourtant, «L'ARTISTE» semblait toujours avoir un coup d'avance.

Cynthia, bien que déçue, refusa de se laisser abattre. Elle savait que chaque échec pouvait aussi être une leçon. «Il joue avec nous, mais ça signifie qu'il commettra une erreur», dit-elle à Tom, son partenaire de toujours. «Nous devons simplement être prêts à la saisir.»

Une fois au commissariat, les enquêteurs se plongèrent dans de nouveaux indices et analyses de toutes les données recueillies. Ils passèrent en revue les enregistrements vidéo, les témoignages des invités présents et des preuves laissées sur place. C'est alors que l'un des inspecteurs, l'agent Tran, remarqua un détail curieux sur les vidéos. Une personne apparemment insignifiante quittant les lieux, juste avant l'alerte, portant un manteau volumineux en dépit de la chaleur.

Intrigués, Cynthia et Tom décidèrent de creuser cette piste. Ils découvrirent que cette personne avait utilisé une fausse identité pour entrer à l'événement. En retraçant ses mouvements, ils réalisèrent qu'il s'agissait d'un complice du tueur chargé de détourner l'attention pendant que le maître du jeu s'échappe.

La chasse prenait une nouvelle tournure. «L'ARTISTE» avait peut-être gagné cette manche, mais Cynthia était résolue à ne pas laisser le mystère perdurer.

Cynthia réexaminait les indices et les échecs répétés de leur enquête, une pensée troublante s'insinua dans son esprit. Et si «L'ARTISTE» était en réalité une personnalité haut placée, quelqu'un avec suffisamment de pouvoir et d'influence pour manipuler les événements à sa guise ? Cette hypothèse expliquerait comment le tueur parvenait à échapper si facilement à toutes leurs tentatives de capture.

Carter partagea ses soupçons avec Tom qui, bien que sceptique au début, ne put s'empêcher de reconnaître que l'idée avait du mérite. «Cela expliquerait comment il a accès à autant de ressources et d'informations», admit Tom. «Mais cela complique aussi notre enquête. Si le tueur a des connexions haut placées, nous devons être extrêmement prudents.»

Conscient des implications d'une telle révélation, Cynthia et Tom décidèrent de mener l'enquête de manière discrète. Ils commencèrent à examiner les cercles politiques et les événements récents impliquant des personnalités influentes. Chaque détail, aussi insignifiant soit-il, était passé au crible.

Ils découvrirent que plusieurs décisions politiques récentes avaient indirectement profité à des entreprises et des individus liés aux scènes de crimes. En approfondissant cette piste, ils identifiaient une figure politique en particulier qui semblait avoir des liens avec chaque événement.

Carter savait qu'accuser une personnalité aussi haut placée nécessitait des preuves irréfutables. Elle décida de concentrer leurs efforts sur la collecte de données concrètes, tout en gardant leur découverte sous silence pour éviter toute fuite d'informations.

L'enquête prenait un tournant délicat et chaque pas devait être mesuré. Carter et son équipe étaient désormais engagés dans une partie d'échecs complexe où le moindre faux mouvement pouvait compromettre non seulement leur enquête, mais aussi leur sécurité, pourtant déterminée à révéler la vérité. Ils poursuivirent leur enquête avec une vigilance accrue.

En poursuivant leur enquête discrètement, Cynthia et Tom commencèrent à relier les points entre les victimes et un monde artistique en apparence. Sans histoire. Ils découvrirent que chacune des victimes avait, à un moment donné, été impliquée dans des transactions d'œuvres d'art. Que ce soit par la peinture, la sculpture ou d'autres formes d'art, toutes semblaient avoir un lien avec un réseau souterrain de trafic d'œuvres.

Cette découverte jeta une nouvelle lumière sur les motivations possibles de

«L'ARTISTE». Si ces personnes avaient été éliminées, c'était peut-être parce qu'elles en savaient trop sur le réseau clandestin. L'art, souvent perçu comme un domaine de beauté et de créativité, cachait ici un côté obscur où des œuvres précieuses étaient échangées loin des regards indiscrets.

Cynthia et Tom comprirent que pour démasquer le tueur ils devraient s'infiltrer dans ce milieu artistique. Ils commencèrent à fréquenter des galeries d'art, des ventes aux enchères et des événements culturels. Espérant y trouver des preuves ou des témoins qui pourraient les aider à faire avancer l'enquête.

En parallèle, ils analysèrent les transactions financières des victimes, cherchant des anomalies ou des contacts avec des acheteurs ou des vendeurs suspects. L'enquête prenait une tournure passionnante mais périlleuse. Cynthia savait que plus elle se rapprochait de la vérité, plus ils risquaient de se heurter à des obstacles dangereux. Pourtant, déterminée à faire éclater la vérité, elle poursuivit son investigation avec une détermination renouvelée, consciente que chaque œuvre d'art pouvait cacher un secret bien plus sombre.

Dès le début de l'enquête, Cynthia avec son groupe avait été frappés par l'absence de lien apparent entre les victimes. Chaque scène de crime semblait isolée, sans aucun fil conducteur évident pour relier les personnes impliquées. Cela avait initialement conduit à la conclusion que les meurtres étaient le fait d'un tueur en série, au hasard, sans motif clair.

Cependant, à mesure que l'enquête progressait et que les pièces du puzzle commençaient à s'assembler, il devint évident que cette apparente déconnexion était délibérément orchestrée. «L'ARTISTE», comme ils l'avaient surnommé le tueur, avait soigneusement planifié chaque meurtre pour masquer les véritables intentions derrière ses actes.

En explorant plus en profondeur, Carter comprit que le tueur avait utilisé des techniques sophistiquées pour brouiller les pistes, des changements de lieux, des méthodes de meurtre variées et même des tentatives pour créer des faux indices. Tout cela visait à détourner l'attention des enquêteurs de la véritable raison derrière ces crimes : le trafic d'œuvres d'art.

Les victimes, bien que provenant de milieux différents, partageaient une connaissance commune de ce réseau clandestin. Chacune, à sa manière, possédait des informations susceptibles de menacer l'opération. C'est cette connaissance qui les avait condamnés.

Pour Carter, il devint crucial de comprendre pourquoi ces victimes avaient été ciblées et comment elles étaient connectées au réseau. En décryptant les relations cachées et en dévoilant les motivations de «L'ARTISTE», l'équipe espérait non seulement arrêter le tueur, mais aussi démanteler le réseau de trafic d'art qui se cachait dans l'ombre.

Carter se tenait devant le tableau blanc de son bureau, les yeux fixés sur les indices qu'elle avait soigneusement épinglés. Les photographies, les notes manuscrites et les articles de journaux formaient un enchevêtrement complexe, mais Carter savait que les réponses étaient là, quelque part. Elle venait de recevoir un appel d'une source anonyme lui indiquant qu'une nouvelle piste l'attendait dans le vieux quartier de la ville. Sans perdre de temps, elle enfila son blouson et attrapa son carnet de notes et se dirigea vers l'entrepôt abandonné qui lui avait été indiqué par l'appel anonyme.

En arrivant sur place, Cynthia remarqua que l'endroit était désert. Prudemment, elle entra dans le bâtiment. À l'intérieur, l'air était poussiéreux. Cynthia monta des escaliers grinçants lorsqu'elle atteignit la pièce du premier étage. Elle découvrit un tableau similaire au sien, mais avec des indications qu'elle n'avait jamais vues auparavant. Au centre, une photo d'un visage pouvant être celui du tueur.

«L'ARTISTE», connu pour ses œuvres provocantes et controversées, avait été recruté par le réseau pour créer des pièces uniques qui servaient à masquer des sommes d'argent considérables. Les victimes, quant à elles, étaient des personnes ayant accès à des fonds importants ou des collectionneurs influents. En les ciblant, le réseau pouvait non seulement blanchir de l'argent, mais aussi accroître la valeur des œuvres en manipulant le marché de l'art.

Avec un regain de détermination, Cynthia décida de se concentrer sur la prochaine étape, identifier les chefs de ce réseau et découvrir où ils opéraient. Elle savait que le temps pressait, car chaque minute augmentait le danger pour elle et pour ceux qui cherchaient à l'aider dans cette enquête périlleuse.

Entre-temps, Tom trouve dans ses recherches que l'adjoint de Lewis à San Francisco, un certain MC Canoon, était un enquêteur chevronné, connu pour ses intuitions et sa bravoure à résoudre les affaires les plus complexes. Avant sa disparition, il travaillait sur une enquête sensible concernant un réseau de trafic d'art pour blanchir de l'argent dans la banlieue de San Francisco. MC Canoon avait découvert des liens troublants entre les figures importantes du monde de l'art et des organisations criminelles. Quelques jours avant sa disparition, MC Canoon avait confié à son collègue Lewis qu'il se sentait suivi et avait remarqué des anomalies dans ses communications. Malgré cela, il était déterminé à poursuivre son enquête. Le jour de sa disparition, il avait prévu de rencontrer une source confidentielle qui prétendait avoir des informations importantes sur le réseau. Cependant, MC Canoon ne se présenta jamais à ce rendez-vous. Son téléphone fut retrouvé abandonné dans sa voiture et il n'y avait aucune trace de lutte. Ses collègues inquiets commencèrent à chercher des indices, mais les pistes étaient minces, la disparition de MC Canoon laissait un vide dans son équipe, et Lewis en particulier se sentaient responsables de découvrir la vérité et de poursuivre l'enquête là où MC Canoon l'avait laissée.

L'enquête progressait, Cynthia et son équipe rassemblèrent des preuves pour commencer à cerner les responsables du trafic. Des données bancaires, des enregistrements téléphoniques et des témoignages commencèrent à dessiner un tableau clair des opérations du réseau. «L'ARTISTE» en question, reconnu pour ses œuvres innovantes, semblait jouer un rôle central dans ce trafic. Ces expositions servaient de couverture pour des transactions illégales et certaines œuvres contenaient des indices cryptés révélant des informations sur les opérations du réseau.

Cynthia découvrit également que «L'ARTISTE» avait des liens étroits avec plusieurs figures du monde de l'art qui utiliseraient leur statut pour faciliter le blanchiment d'argent. Avec l'étau qui se resserre, le groupe savait qu'il devait agir vite pour éviter que les responsables ne prennent la fuite. Ils planifièrent une opération pour arrêter

«L'ARTISTE» lors de la prochaine exposition. Effectivement, Cynthia était consciente que l'enquête touchait des personnalités influentes, ce qui rendait la situation d'autant plus délicate et dangereuse. Elle savait que des individus avaient les moyens et le pouvoir de détourner l'attention ou de compromettre l'enquête. En conséquence, Cynthia prit des précautions supplémentaires pour la sécurité de son groupe.

Elle décida de restreindre l'accès aux informations sensibles, ne partageant qu'avec un cercle réduit de collègues en qui elle avait confiance absolue, renforça la sécurité autour des témoins et des informateurs clés. Pour éviter que les suspects ne soient alertés, Cynthia coordonna discrètement avec des agents externes tels que l'unité anticorruption et le bureau du procureur. Pour préparer des mandats d'arrêt et des perquisitions dans plusieurs endroits de la ville, elle savait que la moindre erreur profiterait aux coupables pour s'échapper, alors chaque étape devait être minutieusement planifiée.

Le jour de l'Expo approchait, Cynthia Carter et son groupe finalisent leur plan. Ils avaient choisi de mener l'opération à un moment précis de la soirée, lorsque

«L'ARTISTE» serait sur place et entouré de ses complices présumés. L'objectif était de prendre tout le monde par surprise. Minimisant ainsi les risques de fuite ou de destruction de preuves.

Le soir de l'événement, l'atmosphère était tendue et électrique. Des invités, parmi lesquels figuraient du beau monde, venus des quatre coins du globe, affluaient dans la galerie, où les œuvres de «L'ARTISTE» étaient exposées de manière saisissante.

L'inspectrice Cynthia, habillée en civil, se mêla à la foule avec quelques membres de son groupe, tandis que d'autres se tenaient à l'extérieur. Ils observaient attentivement, cherchant des signes d'activité suspecte. Le moment venu, Cynthia donna le signal.

Les agents se déployèrent rapidement, bloquant les issues et annonçant l'opération. La surprise fut totale. «L'ARTISTE», d'abord incrédule, tenta de protester, mais les preuves accumulées étaient accablantes et les complices pris au dépourvu furent également appréhendés.

Dans les jours qui suivirent, l'enquête révéla l'ampleur du réseau et ses ramifications internationales grâce à l'opération menée par Cynthia Carter et son équipe, ainsi que l'inspecteur Lewis. De nombreuses œuvres volées furent récupérées et mises de côté.

Cynthia savait que pour démanteler complètement le réseau, elle devait découvrir l'identité de «L'ARTISTE» mystérieux, celui qui semblait être au cœur de cette opération complexe. «L'ARTISTE» avait réussi à garder son anonymat, utilisant des pseudos et des intermédiaires pour masquer son implication directe. Dans les jours suivants les arrestations, Cynthia et son groupe se plongèrent dans l'analyse des preuves recueillies. Petit à petit, un schéma commença à émerger. «L'ARTISTE» avait des liens avec plusieurs galeries à travers le monde, utilisant des contacts pour faire passer des œuvres volées et blanchir de l'argent. Dans toutes les preuves matérielles, Cynthia trouva un carnet de croquis, rempli de dessins et de notes. En feuilletant le carnet, Cynthia découvrit des preuves sur l'identité de «L'ARTISTE». Les notes faisaient référence à des événements personnels, des voyages et des rencontres avec des figures influentes du monde de l'art. Avec ces informations, Cynthia put établir un profil et finalement identifier

«L'ARTISTE». Comme étant une figure respectée et bien intégrée dans la scène artistique NEW-YORKAISE.

L'arrestation de «L'ARTISTE» provoque une «onde de choc» dans le monde de l'art. Beaucoup furent surpris que quelqu'un d'aussi talentueux et respecté soit impliqué dans un réseau criminel. Grâce à la persévérance de Cynthia Carter et de Lewis, non seulement «L'ARTISTE» fut démasqué, mais un message clair fut envoyé : personne n'est au-dessus des lois, peu importe son statut ou son talent.

L'arrestation de «L'ARTISTE» fut un tournant majeur dans l'enquête. Lors des interrogatoires, le tueur, confronté aux preuves accablantes, réalisa qu'il n'avait plus le choix que de coopérer. Avec une voix tremblante mais résolue, il commença à raconter son histoire.

Il expliqua comment, au départ, il avait été entraîné dans ce monde criminel presque par accident. Ce qu'il avait commencé comme une simple transaction pour financer ses projets artistiques s'était rapidement transformé en un réseau de trafic d'art. Les pressions financières combinées à l'attrait du pouvoir et du statut l'avaient poussé à s'enfoncer de plus en plus dans cette activité illégale.

«L'ARTISTE» révéla également comment il avait utilisé son influence et ses relations pour recruter d'autres personnes, y compris des responsables de galeries et même des figures politiques qui avaient profité au commerce lucratif d'œuvres volées. Ces révélations firent l'effet d'une bombe exposant la corruption et la complicité à des niveaux insoupçonnés. Il admit que ses actions avaient semé la peur et la méfiance dans le monde de l'art et même au-delà. Des artistes avaient vu leurs œuvres disparaître et des collectionneurs avaient été dupés.

En coopérant avec les autorités, «L'ARTISTE» espérait obtenir une peine réduite, mais il savait que les conséquences de ses actes resteraient gravées dans l'histoire de la ville. Pour Cynthia, cette confession marquait la fin d'une enquête, mais aussi le début d'une période de rétablissement et de renouveau pour la communauté artistique de NEW YORK.

Grâce à ses efforts, la ville pouvait enfin commencer à guérir des blessures infligées par ce réseau criminel.

Avant de clore l'interrogatoire, Cynthia Carter et Lewis étaient déterminés à obtenir des réponses sur la disparition tragique de l'adjoint de l'inspecteur Lewis de San Francisco, et posèrent une dernière question à «L'ARTISTE». Lewis voulait savoir où se trouvait le corps de son collègue, dont la disparition avait hanté l'enquête depuis le début. «L'ARTISTE», visiblement troublé par cette question, baissa les yeux et prit une profonde inspiration. Il avoua que l'adjoint avait découvert par hasard l'ampleur du réseau criminel et menaçait de tout révéler. Pris de panique, «L'ARTISTE» avait orchestré sa disparition pour protéger son opération. Avec une voix tremblante, il expliqua que le corps avait été enterré dans un endroit isolé à la périphérie de la ville, près d'un ancien entrepôt abandonné. Il fournit les détails précis sur l'emplacement, espérant que cette information pourrait apporter une certaine forme de répit à la famille de l'adjoint de Lewis.

Pour Lewis, cette révélation était douloureuse mais nécessaire. Il lui permettait de tourner une page, de rendre justice à son collègue et de clore un chapitre sombre de sa carrière. Il remercia «L'ARTISTE» pour sa coopération, conscient que cette confession était une étape cruciale pour apporter un peu de réconfort aux proches de l'inspecteur MC Canoon et à ses collègues de San Francisco.

Alors que le gouverneur Jackson s'apprêtait à révéler le nom du coupable, une tension réelle. La tension envahit la salle, chacun retenait son souffle, conscient que cette révélation allait marquer un tournant définitif pour la ville.

Tous les regards étaient rivés sur lui, attendant la révélation du nom qui avait plongé depuis plusieurs mois la ville dans ce chaos. Lorsque le gouverneur Jackson prononça le nom de «L'ARTISTE», criminel, un silence glacial s'abattit sur la salle. Les visages des responsables de la ville, des autorités et des journalistes de la presse nationale et mondiale se figèrent de stupeur. Le nom qui venait d'être révélé n'était autre que celui de Jonathan Reed, un haut responsable respecté de l'administration municipale.

Jonathan Reed avait longtemps été considéré comme un réel pilier de cette communauté, impliqué dans de nombreuses initiatives civiles et projets de développement urbain. Sa réputation impeccable et son influence considérable avaient permis de masquer une double vie, faite de crimes et de trafics non résolus depuis des années.

Cette révélation fut un choc dévastateur pour le gouverneur Jackson et même le maire de NEW YORK, qui se retrouvèrent sous le feu des critiques pour n'avoir pas su déceler la corruption au sein même de leurs rangs. Le chef de la police, quant à lui, dut faire face à une vague de questions sur l'inefficacité des enquêtes passées et de la confiance ébranlée du public envers les forces de l'ordre.

La révélation de Jonathan Reed, comme le cerveau derrière ces actes criminels, força la ville à se confronter à ses failles institutionnelles. Cependant, elle ouvrit également la voie à une refonte nécessaire des systèmes de surveillance et de transparence, permettant à NEW YORK de se relever plus forte et plus résiliente que jamais.